Vente des 8 et 9 Avril 1907

(Hotel Drouot)

Bibliothèque de M. Louis Péricaud

OUVRAGES SUR LE THÉATRE

PREMIÈRE PARTIE

Architecture théâtrale. — Almanachs

Costumes. — Décoration

Ouvrages sur la Caricature au XIX· siècle

Journaux de Théâtre, littéraires et illustrés

PARIS

Librairie E. JOREL

Successeur de L. Sapin

3, Rue Bonaparte, 3

1907

CATALOGUE

DE

LIVRES SUR LE THÉATRE

Architecture. — Almanachs
Costumes – Caricatures – Journaux

La Vente aura lieu

Les Lundi 8 et Mardi 9 Avril 1907

à deux heures précises

HOTEL DROUOT, Salle n° 10,

Par le Ministère de Mᵉ Maurice DELESTRE, Commissaire-Priseur

5, Rue Saint-Georges, 5

Assisté de M. E. JOREL, Libraire

Successeur de M. L. SAPIN

3, Rue Bonaparte, 3

———

Voir l'ordre des vacations à la fin du Catalogue

∿∿∿∿∿∿∿∿∿∿

CONDITIONS DE LA VENTE

———

La vente se fait au comptant.

Les acquéreurs paieront 10 p. 100 en sus du prix d'adjudication.

Il y aura exposition chaque jour de vente de 1 à 2 heures.

Les livres vendus devront être collationnés sur place dans les vingt-quatre heures de l'adjudication. Passé ce délai, ils ne seront repris pour aucune cause.

M. E. JOREL se réserve la faculté, dans l'intérêt de la vente, de réunir ou de diviser les numéros du Catalogue. Il remplira les commissions qu'on voudra bien lui confier.

Vente des 8 et 9 Avril 1907

(Hôtel Drouot)

Bibliothèque de M. Louis Péricaud

OUVRAGES SUR LE THÉATRE

PREMIÈRE PARTIE

Architecture théâtrale. — Almanachs
Costumes. — Décoration
Ouvrages sur la Caricature au XIX siècle
Journaux de Théâtre, littéraires et illustrés

PARIS

Librairie E. JOREL

Successeur de L. Sapin

3, Rue Bonaparte, 3

—

1907

Architecture

Construction des Théâtres, Machinerie.

1. **Théâtre antique.** Suite de 9 planches d'Androuet Du Cerceau montées sur papier bleu en 1 vol. petit in-4, cart. dem.-bas. ant.

   Théâtre Palatin. Théâtre Pompéien. Hippodrome. Théâtre de Marcellus, etc., etc.

2. **L'Anfiteatro.** Flavis descritto e delineato dal Cav. Carlo Fontana. *Nell'Haia, Isacco Vaillant.* 1725, in-fol. broch.

   Magnifique ouvrage orné de 24 pl. gravées. L'Introduction renferme un historique des plus célèbres théâtres de l'antiquité.

3. **Del Teatro Olimpico** di Andrea Palladio in Vicenza, discorso del signor conte Giovanni Montereni con due lettere, una del Poleni, l'altra dell'autore. *Padova,* 1749, in-8, fig., portr. et 5 planches gr., dem.-rel. mar. à gr. long.

   Le meilleur ouvrage sur le célèbre théâtre bâti à Vicence sur les dessins de *Palladio* et inauguré en 1585, par la représentation de l'*Œdipe-Roi* monté à l'antique avec chœurs, musique, etc. Ce théâtre existe encore dans toute son intégrité (J. Goizet). A la suite : Osservazioni sopra Andrea Palladio. Padova, Nel Seminario, 1811, in-8.

4. **Projet** d'une salle de spectacle pour un théâtre de Comédie, par Ch. N. *Cochin. Paris, A. Jombert,* 1865, in-12, cart. br., tr. r.

   6 planches gravées.

5. **Véritable construction** d'un théâtre d'Opéra à l'usage de France, suivant les principes des Constructeurs italiens, etc., par M. le ch. C. de J. *Paris,* 1766, in-8, fig., cart., dos de percal. verte.

   Projet tendant à faire abandonner la forme allongée qu'avaient alors les salles de spectacle pour se rapprocher de la forme elliptique des théâtres d'Italie.

6. — **Le même** ouvrage, rel. v. m. tr. dor., planches gr.

7. **Réunion de 4 ouvrages,** in-8, dér.

   Véritable construction extérieur d'un théâtre d'Opéra à l'usage de France, par le Ch. *de Chaumont. Paris,* 1767. — Mémoire sur la construction d'un théâtre pour la Comédie Française. Paris 1770. — Lettre à M*** sur le Cirque qui se construit au milieu du jardin du Palais Royal (par *Dulaure*), 1787. — Lettre sur l'Architecture à M. le Cte de *Wannestin,* 1779

8. **Exposition** des principes qu'on doit suivre dans l'ordonnance des théâtres modernes, par M. X. (Le *Chevalier de Chaumont,* secrétaire du duc de Chartres). *Paris, Jombert,* 1769, in-12, cart.

9. — **Le même** ouvrage in-12 br.

10. **Mémoire sur la construction** d'un théâtre pour la Comédie-Française, par M. A. A. D. L. D. M *Paris, Lejay*, 1770. in-8 br. avec le plan gravé.

   L'auteur propose l'emplacement alors occupé par l'hôtel de Condé, où a été construit depuis, l'Odéon.

11. **Del theatro** (par l'abbé François Milizia). *Venezia G. Pasquali*, in-4 6 planches gr. cart. non rog

   La première édition de ce livre, imprimée à Rome, fut brulée par ordre du maître du Sacré Palais.

12. **Planches relatives** à l'Architecture théâtrale et aux machines de Théâtre tirées de l'Encyclopédie de d'*Alembert* et *Diderot. Paris*, 1774, in-fol., dem. rel. veau fauv., tr. roug.

   8 planches gravées.

13. **Essai sur l'Architecture théâtrale**, par M. Patte. *Paris, Moutard*, 1782. in-8 br., pl. grav.

14. **Theatro Della Scala in Milano**, architettura del Regio Professore Giuseppe Piermarini. *Milan*, 1789, in-fol. cart.

   8 planches gravées.

15. **L'Origine** dell Accademia Olimpica di Vicenza del suo teatro opera di *Ottavio Bertotti Scamozzi*, architetto. *In Vicenza, G. Rossi*, 1790, in-8, cart , déchirure à 2 pages.

   4 planches gravées.

16. **Vues de Paris sous le Tribunat**. 1800. Suite de 12 figures, coloriées, montées sur papier bleuté en un album in-8 obl.

   Théâtre de l'Opéra — Théâtre Français. — Opéra-Comique. — Théâtre Feydeau. — Tivoli. — Frascati, etc.

17. **Essai sur l'Art** de construire les théâtres, leurs machines et leurs mouvements par le Cit. *Boullet. Paris, Ballard*, an IX, in-4 texte et 13 planches. dem.-rel. bas. Manque une petite partie du titre.

   Ouvrage estimé, rarement complet. L'auteur se tua en 1802 en tombant des cintres.

18. **De l'exécution dramatique** considérée dans ses rapports avec le matériel de la salle et de la scène, par le *Colonel Grobert. Paris, Schœll*, 1809, in-8 br.

19. **Description du Théâtre de Marcellus** à Rome, rétabli dans son état primitif, d'après les vestiges qui en restent encore; Mémoire joint aux plans, coupes, élévations et détails mesurés à Rome et adressés à l'Académie Royale d'Architecture de Paris, par A. L. T. Vaudoyer. *Paris, Dusillon*, 1812, in-4, dem.-rel veau.

   8 pl. gravées.

20. **Plan d'une salle** de spectacle. Suite de 6 planches grav. par Maroye. Cart. dos en percaline verte, non rog

21. **L'Origine** dell' Accademia olimpica di Vicenza con una breve descrizione del suo Teatro, opera di Ottavio Bertotti Scamozzi architetto. *In Vicenza, Giuliani*, 1822 in-12 br., couv. fact.

22. **Le Théâtre de Dieppe.** 20 planches avec texte explicatif, par
P. J. Frissard. *Paris, Carilian-Gœury, s. d.* (1826) in-fol. cart., lég.
piq.

23. **Il nuovo teatro di Parma** rappresentato con tavole intagliate
nello studio P. Toschi. *Parma, Bodoni, 1829,* planches gravées,
in-fol. cart.

> Magnifique ouvrage représentant dans tous ses détails un des plus
> beaux théâtres d'Italie.

24. **Le Théâtre Monumental.** Suite de 92 gravures anciennes et
modernes, lithographies, découpures de journaux illustrés, eaux-
fortes, vue d'optique, etc. montées sur papier bleuté et réunies
en un album, in-4 obl., dem.-chagr., plats toile.

> Les Théâtres des Boulevards vers 1830 (fig. coloriées). — Les Théâtres
> des Boulevards, 1848-1862. — Théâtre de l'Opéra, par Lallemand, gr. par
> Née. — Le Peuple faisant fermer l'Opéra. Prieur inv. et del. Berthault
> sculpt. — Vues du Nouvel Opéra de l'Ancien Théâtre Français (Odéon).
> — Théâtre de la République. Meunier del. Née sculpt. — Théâtre Italien.
> — Ambigu-Comique — Folies-Dramatiques. — Théâtre des Funambules,
> Saqui et Lazary. — Vaudeville — Théâtre de Bordeaux, — du Havre. —
> Théâtres étrangers, etc.

25. **Architectonographie** des Théâtres ou parallèle historique et
critique de ces édifices considérés sous le rapport de l'architecture
et de la décoration commencé par *Alexis Donnet* et *Orgiazzi* et
continué par *J. A. Kauffmann. Paris,* 1837-1840, 2 vol. in-8 dem.-
rel. et un atlas in-fol. dem.-veau rouge.

26. **Théâtre Saint-Marcel,** construit à Paris en 1838, sur les
dessins de Ed. Lussy et M. Allard, architectes. *Paris, Mathias,*
1840, in-4, cart. perc. verte, non rogn.

27. **Traité de la construction** des théâtres, ouvrage contenant
toutes les observations pratiques sur cette partie de l'Architecture,
par *Albert Cavos, Paris,* 1847, in-8, cart. perc. bleue, tête jasp.,
non rog. et atlas in-fol., perc. mar.

28. **Projet** d'un Théâtre d'Opéra définitif pour la ville de Paris en
remplacement de l'Opéra provisoire par A. L. *Lusson. Paris, G.
Gratiot,* 1846, br. in-8.

29. — Même ouvrage, gr. in-8, cart.

30. **Plan de la Bibliothèque** et de l'Opéra, sur la place de Carrou-
sel, par M Marchebeus, Architecte du gouvernement. *Paris,* 1874,
br. gr. in-8 planches.

31. **Parallèle** des Principaux Théâtres Modernes de l'Europe et des
Machines théâtrales Françaises, Allemandes et Anglaises, dessins;
par *C. Contant,* texte, par Filippi. *Paris, Lévy,* 1860, 2 vol in fol :
fig. cart., dos et coins de perc. bl. ; non rogn.

32. **Le Théâtre** et l'Architecte, par Emile Trélat. *Paris A. Morel,* 1860,
in-8, br.

33. **Considérations** sur la Construction des Théâtres à propos de la
reconstruction du Théâtre des Arts à Rouen, par L. *Sauvageot.
Paris, Morel, s. d.,* gr. in-8, dem.-veau gris, non rog. Envoi signé
de l'auteur à Viollet-le-Duc.

34. **Théâtre Anglo-Français** Mémoires et plans justificatifs, par M. Alph. *Ruin de Fyé*. Projet définitif. *Paris*, 1861 in-fol., fig. br.

35. **El Teatro De Moratin**, construits en Madrid, segun los Planos los Señores Chauserlot y Testeau Arquitectos Planos y Detalles. *Paris, A. Morel, s. d.*, in-fol. en feuilles dans un cart.

36. **Le Théâtre** par Charles *Garnier*, architecte du Nouvel Opéra. *Paris Hachette*, 1871, in 8 br.

37. **Machinerie Théâtrale**. Trucs et Décors, explication raisonnée de tous les moyens employés pour produire les illusions théâtrales, par G. Moynet Architecte. *Paris, Lib. Illustrée. s. d.*, in-8. fig. br.

Almanachs, Annuaires, Calendriers.

38. **Calendrier Historique** des théâtres de l'Opéra, des Comédies françaises et italiennes et des foires. *Paris, Cailleau* 1751 et *Duchesne*, 1752 à 1815, 48 vol. in-32 rel. veau et bas. (Les Almanachs 1788 et 1790, sont reliés en maroq. r.).

Almanach célèbre, difficile à réunir aujourd'hui ; il fut rédigé au commencement par l'*Abbé Delaporte*.

39. **Les Spectacles de Paris** ou calendrier historique et chronologique des théâtres *Paris Vve Duchesne*. 6 vol. in-18. rel. et cart. Années 1779 1786 (2 exempl.), 1787 (2 exempl.), dont un rel. en mar. r., 1791.

40. **Almanach général** de tous les spectacles de Paris et des provinces pour les années 1791 et 1792 par *Lebrun* et autres. *Paris, Froulé*, 1791-1792, 2 vol in 18, bas. et dem.-chagr bleu. (Très rare).

41. **Almanach** du Père Gérard pour l'année 1792 IIIe de la liberté. Ouvrage qui a remporté le prix proposé sur la Société des Amis de la Constitution séante aux Jacobins à Paris, par J. M. *Collot d'Herbois. Paris, Buisson*, 1792. in-32, fig., maroq. rouge, dos orné fil., attributs sur les pl. avec la devise Union, Force, et Liberté.

42. **Le Petit Almanach** des grands spectacles de Paris par *Rivarol. Paris, Maret*, 1792. petit in-18, dem.-mar. r., tête dor., n. rog. (rare).

Exemplaire de Goncourt. Sur la garde on lit: A reparu en 1793 sous le titre de Chronique Scandaleuse des théâtres : signé : de Goncourt.

43. **Indicateur dramatique** ou Almanach des théâtres de Paris contenant les noms et les demeures des administrateurs, artistes, musiciens etc., l'analyse des pièces nouvelles et les débuts qui ont eu lieu pendant l'An VI Présenté au ministre de l'intérieur *François de Neuf-Château Paris* An VII, in-18, mar. r., dos orné ornem sur les pl. tr. dor., rel. ancienne.

Exemplaire de présent, avec le chiffre et le rébus de François de *Neufchâteau*.

44. **L'Année Théâtrale** ou Almanach des Spectacles de Paris pour l'An VIII. rédigé par un observateur impartial. *Paris, Cailleau,* 1800, in-18, front doublé, dem chag. rouge.

45. **Année Théâtrale.** Almanach contenant une notice sur chacun des théâtres de Paris, les acteurs, les pièces nouvelles et les débuts. *Paris,* An IX-XII. 4 vol. in-18 dem -cart., brad. à coins.(Le volume de l'An IX est rog).

46. **Etrennes dramatiques** pour 1801, in-18, dem.-veau f, dos orné.

47. **Almanach dramatischer** Spiele zur gelolligen Unterhaltung auf dem Lande von A. *Von Kotzebue Leipzig,* 1804-1831. 11 vol. in-24, cart. Exemplaires avec les portraits coloriés.

> Années 1804, 1806, 1809, 1811, 1812, 1813, 1815, 1818, 1820, 1825, 1831.

48. **Annuaire dramatique** contenant les noms, demeures de tous les directeurs acteurs, musiciens des théâtres, un précis de l'histoire des principaux spectacles, etc.. par *Raquenau de La Chainaye* et *Audiffret. Paris,* 1805-1822. 18 vol. in-32, portr. rel. bas. racine. Reliure uniforme. Collection complète (rare).

49. **Mémorial dramatique** ou Almanach théâtral contenant l'analyse de toutes les pièces jouées aux différents théâtres de la capitale par P J. *Chardin.* Paris, 1807-1819, 13 vol. in 24, bas rac. Quelques volumes sont un peu courts de marges.

> Collection complète

50. **Almanach lyrique** des spectacles ou choix de nouvelles ariettes *Paris, Janet, s. d* (1807). in-32, maroq. rouge, dos orné.

> 1 titre front. et 6 planches gravées.

51. **Les A-propos** de l'Opéra Comique et du Vaudeville. *Paris, Janet,* 1807. in-32, maroq. rouge, dos orné, petite dent., tr. dor.

> 1 front. et 6 figures gravées.

52. **Almanach du Théâtre** pour l'An 1808, par A. G. *Iffland. Berlin,* 1808, in-18, portr, cart -- Almanach fürs Theater 1809, von A. Wilhelm. *Iffland. Berlin,* 1808, in-12, portr. br., Ensemble 2 vol.

53. **Almanach des Spectacles** de Paris pour l'an 1809 Première année seule parue. *Paris, Collin,* in-32, dem -rel.

54. **Theater-Almanach** auf das Jahr. 1809. *Prag, s. d.,* in-18, fig. Cart.

55. **Opern-Almanach.** 1815, von A. von Kozebue. *Leipzig,* 1815, in-18. Cart.

56. **Almanach des Spectacles** par K et Z (par Charles Malo, suivant M de Manne et par Loève-Weimars. suivant M. Filippi). *Paris, Janet,* 1818-1825, 8 vol. petit in-18, dos orn., tr. dor.

> Curieuse et rare collection Elle renferme de nombreux portraits coloriés représentant les plus célèbres acteurs et actrices du temps dans leurs principaux rôles.

57 **Petit Volage** (Le), pour l'an 1819 *Paris,* 1819, in-12, 8 fig., cart, tr. dor.

> Almanach minuscule, contenant 6 figures.

58. **Roses** (Les) du Vaudeville. *Paris, Le Fuel, s. d.*, in 18, veau roug., orn à fr. sur le dos et les pl. tr. dor , rel. romantique dite à la cathédrale (dans un étui en veau br)

>   Bel exemplaire, 12 fig. coloriées.

59. **Théâtre des Dames** ou choix de jolies scènes tirées du Répertoire du Vaudeville. *Paris, Le Fuel, s. d.* (vers 1820), in-18, 8 figures, cart., pl. en soie ill., tr. dor , dans un étui.

60. **Etrennes Dramatiques** dédiées aux Dames. *Paris, Marcilly, s. d.* (vers 1820), petit in-18, 6 fig., cart. en pap. bl gl. et dor., tr. dor., dans un étui.

61. **Etrennes Dramatiques** dédiées au Dames. *Paris, Marcilly, s d.* (vers 1820 , in-18, 6 fig., cart.

62. **Théâtre des Dames** ou choix de jolies scènes. *Paris, Le Fuel, s. d.* (vers 1820), in-18, 8 fig , dem.-rel. bas.

63. **Petit Almanach** des Muses. *Paris, Janet,* 1821, in-18 fig., cart., tr. dor.

64. **Almanach des Spectacles**, contenant une notice sur les principaux théâtres de Paris, l'histoire de l'origine et de l'établissement de chacun de ceux qui existent aujourd'hui, etc. *Paris, Barba,* 1822-1837, 13 années en 12 vol. in-18, dem.-rel. Collection complète.

65. **Musée des Théâtres** (Le). *Paris, Lefuel,* (1822), in-18 12 fig., br.

66. **Musée des Théâtres** (Le) suite de 12 fig coloriées. *Paris, chez Lefuel,* 1822, en un vol. petit in-18, cart brad. non rogn.

67. **Theater-Almanach**, for 1823 utgifven of W. Fabian Holmgrén *Stockholm, B. Nestius, s. d.,* (1823), in-12, front. color. Cart.

68. **Petit Moissonneur** (Le) des Théâtres dédié aux dames *Paris, Lefuel, s. d.* (vers 1825), in-18, cart étoffe, petite mouill. à la dernière page.

>   1 front. et 10 figures

69. **Abeille des Théâtres** (L'). chansonnier dédié aux Dames. *Paris, Lefuel, s. d.* (1828), in-18, 7 fig. color., cart. en moire dos et pl. orn., tr. dor., dans un étui.

70. **Coulissen-Blike** auf Theater un Schauspieler von Justus Hilarius. 3 livraisons parues en 1828 et 1829, in-18, fig. col., br.

71. **Almanachs-Lustspielen** durch den Würfel das ist : almanach dramatischer Spiele fur die Jahre 1829 bis von Simplicius. *Swichau, Gebrüder Schumann,* 1829, in-18 cart , tr. dor.

>   5 figures coloriées.

72. **Almanacco** dé reali teatri S. Carlo E Fondo dell' annata teatrale 1834. *Napoli,* 1831, in 12, fig., basane, plats estampés, dos orné, tr. dor., (rel. dite à la cathédrale).

73. **Almanach** dramatister Cprüchworter von F von Endow. *Leipzig,* 1835, in-18, cart

74. **Annuaire** dramatique de la Belgique (par F. J. Delhasse *Bruxelles* 1839-1847, 3 vol. in 18 br.

   1re, 2e et 9e années.

75 **Annuaire de l'Association** des artistes dramatiques, origine 1840 à 1851 inclus. 12 vol. in-24 cart.

76. **Strenna** Teatrale Européa 1841. *Milan, Pirola, s d.*, in 8 Portraits cart., tr. dor.

77. **Almanach des Coulisses**. Annuaire des théâtres pour 1843. *S. d.*, in-24 br.

78. **Annales Dramatiques**. Archives du Théâtre, Journal officiel de la Société des Auteurs et Compositeurs et de l'Association des Artistes dramatiques. Numéros de janvier et février 1843, en un vol in-8, dem -toile (rare).

79. **Almanach de Tout le Monde** (1844) contenant l'histoire de la vie populaire de Molière par M Hipp Lucas.— Almanach des lettres et des arts à l'usage des gens d esprit et autres 1850. — Almanach Théâtral par MM. H Tessier et L. Marcel (1874) Ensemble 3 vol. in 18 cart., dos de perc rouge.

80 **Almanach des Spectacles** pour 1852 et 1853 sous la direction de M. Palianti. *Paris*, 1852-53.— Petites archives des théâtres de Paris par M. Palianti. *Paris*, 1865. Ensemble 3 vol. in-12 br.

81. **Annuaire du Théâtre** Répertoire du mois. Premières représentations Reprises. Analyses des pièces du mois, etc 1852, janvier. *Paris* (au bureau de l'annuaire), *s. d.*, in-8 dem.-rel chagr., tête dor., non rogn., dos orn.

82. **Almanach de la Littérature** du Théâtre et des Beaux-Arts avec une histoire littéraire de l'année par J. Janin; de l'origine 1853 à 1869. Ensemble 17 broch. in-8, fig. sur bois.

83. **Almanach Musical** par Moléri et Oscar Comettant 1854 à 1870. 17 années en 3 vol. in-8, fig , cart dos de perc. Collection complète.

84. **Ai miei** amici, strenna letterario-musicale del nuovo anno 1855. *Torino*, 1855, in-8, fig., cart.

85. **Almanach** de la Musique. 1er année 1866.— Supplément à l Almanach de la Musique 1868. Ensemble 2 br. in-12.

86. **Almanach des Spectacles** (par A. Soubies) continuant l'ancien Almanach des Spectacles publié de 1752 à 1815. *Paris* librairie des bibliophiles, de l'Origine 1875, première année, à 1905 inclus 34 vol. in 18, front à l'eau-forte, br.

87. **Agendas** des Théâtres de Paris 1735, 1736 et 1737, par François Parfaict, réimpression exacte d'un seul exemplaire existant, avec préface par Arthur Pougin. *Paris, J. Bonnassies*, 1876, 3 plaquettes in 24 cart.

   Tiré à 100 exemplaires numérotés.

88. **Jahrbuch** fur das deutsch e Theater von Joseph Kürfchner. *Leipzig* 1879 in-8 br.

89. **Répertoire Dramatique** Belge par Alex. Dupont avec préface de M. *Arthur Pougin. Liège*, impr. H Vaillant 1881-1886. 3 vol. in 12, fig. br.

90. **Dix années** d'Ephémérides musicales, recueil unique de dix faits musicaux importants pour chaque jour de l'année par *Félix Boisson*, préface de Ch. Dubosq. *Paris*, 1896, in 12 cart. perc. marron, non rog.

91. Le **Tout Théâtre** (1905 1906). Les spectacles en France et à l'Etranger. Auteurs compositeurs, actrices, programmes, etc., etc., nombreuses illustr. en couleurs de G. Redon, préface de René Maizeroy. *Paris*, gr. in-8 br. (couv ill.)

Costumes, Décoration, Mise en Scène

92. **Costumes** sur le Théâtre de Louis XIV. Suite de 22 figures gravées (Dehno fecit) montées sur papier bleuté un album in-4 dem.-rel.

> Costumes de Cérès, Minerve, Pomone, Neptune etc.

93. **Costumes et Annales des grands Théâtres de Paris**, ouvrage périodique, etc. 1786-1789, 7 vol. in-8, fig , dem.-rel. veau à coins, rel de l'époque. Exempl. bien complet. (Rarissime).

> Un des ouvrages les plus recherchés sur le théâtre.
> Rédigé d'abord par *Auberteuil* ensuite *Levacher de Charnois*.
> Il contient 178 planches en couleur plus un portrait ajouté également en couleur de Mme *Desbrosses* artiste du théâtre italien .

94. **Costumes et Annales des grands théâtres de Paris** par *Levacher de Charnois. Paris*, 1786-1788, 3 années en 6 vol. in-4 veau marbré (le dernier volume 4' année (1789) manque).

> Exemplaire en grand papier de cet ouvrage rare contenant 140 planches en couleur.
> L'ouvrage possède seulement le titre de l'année 1788. Manque 3 planches (le portrait de l'auteur, celui de Mlle Contat et celui de Caillot).

95. **Recherches sur les Costumes** et sur les Théâtres de toutes les nations tant anciennes que modernes par *Levacher de Charnois. Paris*, H. Drouin, 1790, 2 vol in-4, fig., dem.-rel. bas., entièrement non rog.

> Ouvrage rare surtout en cette condition, il contient 52 figures coloriées et au lavis dessinées par Chery et gravées par Alix.

96. **Seiner Devichlaucht** dem regierenden Fürsten Nicolaus Esterhazy auf Galantha, etc., etc. *S. l. n. d.*, in-4, dem.-rel., non rog.

> 114 figures de costumes.

97. **Suite de 42 dessins originaux** à la plume rehaussés d'aquarelle par Martinet, en un album in-4, cart.

> Ces dessins de costumes de théâtre sont presque tous signés de l'artiste

98. Portraits des **Hommes Illustres**, depuis l'Antiquité jusqu'à
nos jours Suite de 250 pièces environ. dessins à la plume, gravures. calques. etc., réunis en un vol. in-4, dem.-rel.

99. Kostume auf dem Kon : national-Theater in Berlin Erster band
oder erstes bis achtes heft. W. Wittich. *Berlin*, 1805, in-4, dos et
coins de percaline verte. non rog.

> Ouvrage contenant 61 belles planches.

100. GALERIE DRAMATIQUE MARTINET. 1805 (origine) à
1844. 1637 figures coloriées numérotées. réunies en 8 volumes gr.
in-8, demi-rel. chagr. rouge. dos orn. (Ex-libris Du Pan Sarazin).

> Rare collection, figures en belles épreuves : les planches portant les
> Nos 457 et 458 étant en partie déchirées ont été remplacées par d'autres
> plus courtes de marges, la planche 1408 manque.

101. GALERIE DRAMATIQUE MARTINET, deuxième série.
Galerie Dramatique, costumes des théâtres de Paris par MM. Dollet,
Lacauchie et L Lassalle *Paris, Martinet, s. d.* (1843-1873), 10 vol.
gr. in-8 dem.-chagr. rouge, dos orn., 1000 planches.

> Collection complètes avec titres, frontispices et tables.

102. GALERIE DRAMATIQUE. Costumes des Théâtres de Paris,
publiés par Martinet. Imprimerie de Lemercier et A. Becquet.
299 planches en couleurs montées sur onglets, en 3 vol. in-4, dos
de mar. rouge, tête rouge, non rog. Bel exemplaire.

> Ouvrage recherché surtout en cet état. Jolies lithogr. d'après les des-
> sins de A. Morlon, Draner. Grévin. Ancourt, Chatinière, etc.
> Portraits en pied d'acteurs et d'actrices dans leurs principaux rôles.

**103. SELECTIONS OF THE ANCIENT COSTUME OF
GREAT BRITAIN** and Ireland, from the Seventh to the sixteenth
Century by Ch Hamilton Smith. *W. Bulmer*, 1814, in-4 dem.-rel.,
64 figures coloriées.

> A part la suite de figures on a ajouté à cet exemplaire des dessins à la
> plume. gravures calques, portraits publiés par Bonnard, Mariette,
> Dullos. gravures de modes anglaises (Costumes de Londres). découpures
> de journaux. etc., l'ensemble au nombre de 100 pièces environ, avec
> indications et notes pour pouvoir servir à l'Histoire du Costume en
> Angleterre.
> A la fin se trouvent 9 caricatures en couleur, dont 7 de *Carle Vernet.*

104. Les Petits Acteurs du Grand Théâtre ou recueil de divers
cris de Paris. *A Paris, chez Martinet*, 1822, in-4, cart., non rog.

> Ouvrage *rare et recherché.* 56 planches coloriées (sur 60), 4 planches
> manquent, les numéros 7, 29, 55, 58.

105. Correspondance Théâtrale de **Perlet**. Suite de 25 figures noires
et coloriées. la plupart à toutes marges, plus 16 pages de texte en
un vol. in-8, dem-rel. bas. ant.

106. Costumes Russes, Tartares. Lapons, Finlandais et des dépen-
dances russes du 16e au 19e siècle.

> Réunion d'environ 200 *pièces*, gravures, dessins, lithographies, décou-
> pures de costumes. réunies en un registre in-fol . cart. Beaucoup de
> pièces de ce recueil documentaire ont été abîmées, cependant il reste
> encore quelques bons portraits publiés par Bonnard et J. Mariette.

107. Costumes Turcs. Suite de 250 pièces environ de gravures,
dessins calques, croquis, lithographies noires et coloriées en un
in-fol. rel.

108. Costumes des Principaux personnages des **Scandinaves**, tragédie en 5 actes de M. Victor. représentée pour la première fois sur le second Théâtre Français. le 4 février 1824. Lithographies par P. *Feillet*, d'après les dessins de M. *Gérard*, premier peintre du Roi. 8 planches coloriées, couverture impr.

> Suite complète.

109. Souvenirs du Théâtre Anglais à Paris, dessinés par MM. *Deveria et Boulanger* avec un texte par M. *Moreau. Paris, H. Gaugain*, 1827. petit in-fol., cart , br . dos de perc . bleue, non rog. (Couv. cons.).

> Ouvrage rare contenant 1 joli portrait sur chine et 4 grandes et belles lithographies coloriées.

110. Descrizione e desegni della Mascherata che intervenne al Real Theatro di S. Carlo. Il Carnevale dell' anno 1827. la sera de 25 Febbrais. in occasione della gran festa di ballo. *Napoli, dalla Stamperia reale*, 1827, in-4, fig., cart. de l'époque.

> Ouvrage contenant 12 figures de Costumes en très beau coloris. La dernière planche se dépliant ne contient pas moins de 84 personnages.

111. GALERIE THÉATRALE ou collection des portraits en pied des principaux acteurs des premiers théâtres de la Capitale, gravés par les plus célèbres artistes. *Paris. Bance. s. d.*, 3 vol. in 4, demi-chagr., pl. toile.

> Ouvrage recherché, contenant 144 planches en premier tirage.

112. Costumes Français, civils, militaires et religieux, avec les meubles, les armes, les armures, l'architecture domestique, les ordres de chevalerie. les étendards et les blasons les plus historiques depuis les Gaulois jusqu'à 1834. dessinés d'après les historiens et les monuments et publié par *Herbé*. In-4. figures coloriées cart. non rogn.

> Exempl. de travail ; manque une planche.

113. Suite de 6 pièces lithogr. coloriées de *Henry Monnier*, pour l'Espionne *Russe* (Théâtre des Variétés). 6 pièces collées sur papier fort en un album gr. in-4, perc. (très rare).

114. Gazette des Salons. 1835 in 8, demi-chagr., tête dor., non rogn., 16 fig. de Modes de Lanté et Nargeot.

115. La Esmeralda, opéra de V. Hugo, musique de Louise Bertin, 1836. *Costumes* de la pièce dessinés par *Louis Boulanger*, gravures en couleur de A. *Guillaumot fils*. Edition Nationale. *Paris, E. Testard*, 1888, in-4 en cart. Exempl. en papier vélin.

116. COSTUMES DE THÉATRE Suite de 370 portraits d'acteurs et d'actrices d'après Hippolyte Le Comte. Lith. de Engelmann. 2 vol. gr. in-8, dem.-rel.

> Costumes coloriés.

117. COSTUMES DE THÉATRE de 1600 à 1820 dédiés à Monsieur le Baron de Laferté, Intendant des Théâtres Royaux par *H. Lecomte*. *Impr. Lith. de Delpech*.

> Suite complète de 104 planches de portraits d'acteurs, d'actrices et de personnages de Théâtre, en pied. La plupart sont coloriés.

118 **Souvenirs du Bal** costumé donné par le Chevalier A. *Foster*, envoyé extraordinaire et ministre plénipotentiaire de S. M. Britannique, le 10 février 1834, dessinés d'après nature et lithographiés par F. Gonin. *Turin, Impr. lithogr. Michel Ajello et Doyen*, in-fol. obl , dem.-mar.

> 15 lithographies coloriées.

119. **Galerie Théâtrale** et Contemporaine. Le *Domino noir*, musique de *Aubert*, poème de *Scribe*. — Suite de 1 titre et 6 lithographies de *Victor Adam* en un album in-4 cart. perc. verte.

120. **COSTUMES FRANÇAIS**, depuis Clovis jusqu'à nos jours, extraits des monuments les plus authentiques de sculpture et de peinture, avec un texte historique et descriptif enrichi de notes sur l'origine des modes, des mœurs et usages des Français aux diverses époques de la monarchie par *M. de Clugny*. *Paris*, 1835-1839, 4 vol. in-8, dem.-veau vert.

> Ouvrage contenant 640 planches de costumes en or, argent et couleurs. Transposition de 11 planches et de 10 pages de texte du tome 1er au tome 2.

121. **Portraits de Chanteurs et Chanteuses d'opéra** pour la plupart. Suite de 120 aquarelles très finies par de Fagel. 1835.

> MMmes Falcon, Dorus-Gras, D'Abadie, Montessu, Gosselin, Noblet, Taglioni, Brocard, Dorns, etc. MM. Nourrit, Dumilatre, Dupré, Latond, Massol Levasseur, etc.

122. **Album des Théâtres** par MM. *Guyot et A. Debacq*. *Paris, Guyot*, 1837, 2 vol. gr. in-8, fig., cart., dos et coins de percal , non rog.

> Tome 1er et commencement du tome 2. Tout ce qui a paru de cette intéressante publication contenant de nombreuses figures sur bois. Costumes des artistes dans différentes pièces.

123 Neuste und geschmackvollste Masken-Anzüge in zwölf, colorirton Blättern. enthaltend 44, anzuge. Zweite Sammlung. *Leipzig*, 1839, in-4.

> Recueil de 12 pièces coloriées.

124 **Album der Bühnen**. Costume von Ed. *Bloch's* Mit erläuterndem texte von F. Tick. *Berlin, Firma L. Lassar's, s. d.*, 2 tomes en un vol. in-4. cart. de l'éditeur, tr. dor.

> 48 planches en couleur. Portraits des acteurs avec la désignation de leur rôle.

125. **Musée de Costumes** *Paris, Aubert*, 300 planches coloriées en 3 vol. gr. in-8, dem.-chagr., dos en long.

> Manque 20 planches. 4 planches sont en noir, quelques-unes sont remontées et plus courtes.

126. **Musée de Costumes**. Recueil de 318 planches coloriées en 3 vol., petit in-4, dem.-rel

> France Belgique, Hollande. Allemagne, Suisse, Tyrol, Russie. Algérie, Turquie, Égypte.

127. **Musée de Costumes**. Suite de 68 planches coloriées. Costumes d'acteurs et d'actrices dans leurs rôles. *Imprimerie d'Aubert*, en un album obl. dem.-chagr.

> Costumes dessinés par *Gavarni* pour la plupart.

128. **Costumes et portraits allemands.** Réunion d'environ 200 pièces réunies en 1 vol. in fol., cart.

> Gravures, dessins, lithogr. découp. de costumes, etc. Recueil documentaire.

129. **Costumes.** Réunion d'environ 150 costumes noirs ou color., col. sur papier et réunis en 1 album in-fol., cart.

130 **Les Théâtres de Paris.** 63 notes et portraits texte par une société de gens de lettres. dessins par Eustache Lorsay, lithographie par Collette. *Paris, Biendiné, s. d.*, in-8 br.

> Paul Legrand Numa. Sophie. Céline Montaland, Mlle Delacroix, Virginie Déjazet etc., etc., figurent dans ce vol., dont les portraits sont presque tous coloriés.

131. **Le Monde Dramatique.** Revue des spectacles anciens et modernes. *Paris, 1835 38.* 1re série 7 vol. — Le Monde Dramatique. Histoire des Théâtre Anciens. Revue des Spectacles Modernes. *Paris, Bureaux du Monde Dramatique,* 1839-41. 3 vol. Ensemble 10 vol. gr. in-8, dem.-rel. lig., dos et coins de mar marron, tête dor. non rog. Les couvertures des tomes 1, 4, 5, 6 et tome 1er de la 2e série sont conservées.

> Fondé par *Gérard Labrunie* et Fr. Soulié ; les principaux écrivains y ont pris part ; histoire critique. littérature dramatique portraits, costumes. décorations. Un des plus riches recueils parus sur le théâtre. Les 10 volumes réunis sont de la plus grande rareté en cet état.

132. **Le Monde Dramatique.** Histoire des théâtres anciens et modernes. Suite de 1 frontispice et de 77 planches à toutes marges. réunis en un vol. gr. in-8, dem.-mar. à long grain, rel. de l'époque.

133. **Les Danseuses de l'Opéra.** Album de 14 figures coloriées. Alophe del. et lithogr. *Paris, Impr. A. Bry, s. d.*, in-4 cart toile

> Mlle Taglioni, Mme Rosati, Mme Ferraris, Mlle Zina Richard, Mlle Marquet, etc.

134. Das Hoffest zu Ferrara in sælen des Kœniglichen schlosses. Zu Berlin Dargestellt Am 28. Februar 1843. — Auf Allerhœchsten Befehl. Herausgegeben von *Edouard Lange,* bibliothekar des Kœniglichen théaters entworfen und lithographirt durch. *Wilhem Frenzel, Berlin.* 1846 in-4 de 24 pp. de texte et 35 planches montées sur papier fort texte et planches réunis en un album in-4 dem.-toile rouge.

> Ouvrage peu commun. très belles épreuves.

135. **Mademoiselle Scrivaneck** 1845-1855. Théâtres de la Montansier et des Variétés. Suite de *22 dessins originaux à l'aquarelle* (quelques-uns légèrement rehaussés de gouache) par *J. Léon Dusautoy* et Alfred Albert, en un album in-4 cart., dos de percaline rouge brun.

> Cette suite remarquable représente la célèbre artiste dans les principaux rôles Tous ces dessins sont signés et datés.

136 Suite de 47 pièces, dessins originaux à l'aquarelle, à la plume et au crayon, la plupart relatifs au théâtre, réunis en un album petit in 4, cart.

> Dessins originaux de *Désiré Chéneux, L'Héritier, Crapelet, Vilert, Julien Noble, Hipp. Bellangé, Cham, Villot, J. Lesbros, Céline Montaland, Hadol,* etc.

137. Albums de Costumes de la Monarchie Française. — Albums de Costumes de tous les pays. 4 vol. in-fol. rel.

Costumes civils et militaires, gravures anciennes, costumes de modes, portraits figures d almanachs de coiffures, images noires et coloriées, le tout découpé, personnage par personnage pour la plupart et collés sur papier fort. Albums composés vers 1850. Un texte manuscrit donne l'explication de beaucoup de costumes.

138. Suite de *160 Costumes d'acteurs et d'actrices* de Grandville, Vizentini, d'après Hipp. Lecomte. Lithogr. de Engelmann. 160 pièces coloriées.

139. Keepsake des Dames. Costumes algériens, espagnols, italiens, portugais, turcs, etc., etc. Album publié par le journal Les Modes Parisiennes. *Impr. Plon, s. d.,* in 4 br., couv. cons.

Recueil de 20 planches coloriées, la plupart gravées par A Portier.

140 Douze nouveaux travestissements par *Gavarni* gravés sur acier par *Portier. Paris, Bureau des Modes Parisiennes,* 1855, in 4, cart.

12 planches en couleur.

141. Suite de 15 Dessins originaux de *H. Ballue,* pour personnages de " Faust ", Théâtre de la Porte Saint-Martin, 1856, en un vol in-4, dem.-perc.

Dessins à l'aquarelle, légèrement rehaussés de gouache, la plupart signés du monogramme H. B.

142. Costumes anciens et modernes de César Vecellio. *Paris, Firmin-Didot,* 1860, 2 vol. in 8, fig., br.

143. Costumes de Cour depuis le temps de Charles VII (1460), à Louis XVI (1780). 20 planches coloriées de *Comptr-Calix. Paris, Bureau des Modes Parisiennes, s. d.,* album in-4, cart.

144. Iconographie générale et méthodique du Costume du IV siècle au XIX siècle, 315-1815, collection gravée à l'eau-forte, d'après des documents authentiques inédits par *Raphaël Jacquemin. Paris, l'Auteur, s d.,* petit in-fol. en feuilles dans un carton, *200 planches coloriées.*

Manque 9 planches.

145. Zur Geschichte der Costüme. Recueil de 57 planches coloriées en un vol. in-4 dem-perc.

146. La Cour de Louis XIV *S.d.* Mainz. Verlag von Joseph. Scholz. album petit in-4, cart.

12 Lithographies coloriées.

147. Costumes. Portraits d'Acteurs. 43 Dessins originaux.

Comédie Française (1). M. Samson rôle d Olivier le Daim dans Louis XI. — Gymnase (2). Vaudeville (1). Chatelet (2) Mlles Mariani et Van Prague — Château d'eau 5). Porte Saint Martin (2). Gaité (1). Ambigu (2). Renaissance (3). Folies Dramatiques (2) Bouffes Parisiens (11). Menus Plaisirs (3). Belleville (4) Scala (2) Eldorado (2).

148. Costumes Historiques de la France d'après les Monuments les plus authentiques, Statues, Bas-Reliefs, Tombeaux, Sceaux, Peintures, etc. *Paris s. d.,* 8 vol. in-8 dem.-rel, veau fauve, ébarbé, non rogn Figures noires et coloriées, quelques taches de rousseurs.

149. **Les Souvenirs** et les regrets du vieil amateur dramatique ou lettres d'un oncle à son neveu sur l'ancien théâtre français (par V. A. Arnault.). *Paris, A. Leclère*, 1861, in-8, dem.-mar r à coins, tête dor. n. rog. Figures coloriées.

— Le même exemplaire dem.-mar bleu, figures noires, manque le titre.

150. **Actrices de Paris en 1868**. Suite de 17 dessins originaux à l'aquarelle représentant les actrices en renom dans les costumes de leurs principaux rôles.

Mmes *Schneider* (Grande Duchesse) : *Nilson* (Hamlet) : *Eug. Fiocre* (Hamlet) : *Marie Roze* (Premier Jour de Bonheur) : *Miolan-Carvalho* (Faust) : *A. Patti* (Giovana d'Arco) : *Sarah-Bernhardt* (Le Roi-Lear) : *Bl. Pierson* (Le Lion empaillé), etc., etc.

151. **Costumes** de la Palestine par le Dr Ermete *Pierrotti*, qui habita le pays pendant 8 années. *Paris, l'Auteur*, 1871, br. in 4.

12 Costumes en couleur, texte anglais en regard.

152. **Galerie Théâtrale**. Collection de 144 portraits en pied des principaux Acteurs et Actrices qui ont illustré la Scène Française, depuis 1552 jusqu'à nos jours *Paris. Barraud*. 1873. 2 vol in-4, dem.-chag., pl. toile, dos orn

Exemplaire contenant 134 fig. coloriées.

153. **Costumes du Moyen-Age**. 6 pièces. — Personnages de Molière, 2 pièces. Ensemble 6 aquarelles format gr. in 8., signées *Dekernel*, 1878.

154. **Histoire du Costume** au théâtre. depuis les origines du théâtre en France jusqu'à nos jours, par *Ad. Jullien*; ouvrage orné de vingt-sept gravures et dessins originaux, tirés des Archives de l'Opéra. *Paris, G. Charpentier*. 1880. in-8, fig. dem.-rel. chagr. poli, tête dor., non rog.

155. **Recueil de portraits**. Costumes d'acteurs et d'actrices, dessins, découpures d'images, environ 150 pièces collées sur un registre in-4.

156. **LE COSTUME HISTORIQUE**. Cinq cents planches, trois cents en couleurs, or et argent, deux cents en camaïeu. Types principaux du vêtement et de la parure. etc. Recueil publié sous la direction de M. A. *Racinet* avec des notices explicatives, une introduction générale, des tables et un glossaire. *Paris, Firmin Didot*. 6 vol. petit in-fol., en 20 livraisons avec couvertures et un vol. de texte petit in-fol. br.

157. **Costumes de Théâtre** par Bertall, Stop. Riou et Gray. Suite de 15 dessins. montés sur papier bleuté, et réunis en un album petit in-4 cart. dos de perc verte.

Jolis dessins originaux.

158. **Carnaval de 1883**. 12 Costumes complètement inédits, composés et dessinés par *E. Girard. Paris, Repetti*, 12 pièces coloriées sous couv. illustrée.

159. **Costumes des Ballets** du Roy. Archives de l'Opéra XVIIIe siècle, avec une notice de M *C. Nuitter*. 20 planches en couleur, par *A Guillaumot fils. Paris, Ed. Monnier*, 1885, in-4, dem.-veau fauve, non rog.

160. **Costumes de la Comédie Française** XVII-XVIII° siècles avec une préface de G. Monval, archiviste de la Comédie Française cinquante planches en couleurs, gravées à l'eau-forte sur les dessins originaux par *A. Guillaumot fils. Paris, J. Lemonnyer*, 1885, planches montées sur papier bleu, avec onglets, en un vol. in-4, dem.-chagr. rouge.

161. **Le Costume** au théâtre et à la ville, dessins de M. Ch. *Bianchini*, gr. par E. Mesplès. *Paris*, 1886-1887. 27 livraisons gr. in-8, avec couvertures. Chaque livraison est accompagnée de plusieurs aquarelles sur papier du Japon

 Année 1886, 16 livraisons.
 Année 1887, 11 livraisons (sur 24).

162. **Costume au Théâtre** et à la ville. Revue de la mise en scène par MM. *Mesplès* et *René Bénust. Paris*, 1887 à 1891, 4 années en un vol., dos et coins de chagrin rouge. Manque 7 numéros dans la 3° année.

 Très jolie publication, chaque numéro contient 5 planches de costumes coloriés, sur papier du Japon

163. **Jacquemin** (R.). Histoire générale du costume civil, religieux et militaire du IV° au XII° siècle Occident, 315-1101, par R. Jacquemin peintre-graveur. Ouvrage illustré de 48 planches coloriées hors texte. *Paris, Delagrave, s. d.*, in-4 dem.-mar. vert foncé, tête dor. non rog.

164. **Théâtre Français.** Suite de 18 figures sur bois découpées et montées sur papier bleuté, en un vol in-4 cart., dos de perc.

 Portraits en pied des acteurs de la Comédie Française, dans le *Roi s'amuse* de *V. Hugo* MM. Ligier, rôle de Triboulet (1832). Got, même rôle 1882. Perrier, rôle de François 1er, 1833. Mounet-Sully, même rôle 1882. Joanny, Maubant, etc., etc.

165. **Costumes.** Suite de 38 planches coloriées réunies en un vol. gr. in-8 cart. bradel, n. rog.

 Les 38 planches sont extraites du Supplément de la Comédie Parisienne, journal hebdomadaire illustré.

---

166. **Gare là Dessous !** (Théâtre Déjazet 1859, Costumes composés par H. Balluc et A. Brun. *Suite de 14 dessins originaux* (Portraits en pied des artistes de cette pièce), réunis en un album in-4 cart. dos de perc.

167. **Le Diable Boiteux.** Revue en 30 tableaux. Théâtre du Châtelet, suite de 13 lithogr. Portraits d'Acteurs et d'Actrices.

168. **Le Doigt dans l'œil.** Théâtre Déjazet 1860. Suite de 9 beaux dessins originaux en couleur par Abel Brun. Principaux personnages de la pièce. Desssins de format in-8 montés sur papier bleu, en un album in-4 cart. perc. verte.

 Tous ces dessins sont signés de l'artiste

169. **Le Roi Carotte.** Suite de 28 dessins originaux à l'aquarelle de Th. Thomas et Clédat. Costumes de la fameuse pièce de Victorien Sardou. On y a ajouté les gravures des 16 tableaux (gravures tirées d'un journal illustré).

170. **On Cassera du Sucre !.** . Revue de 1869-1870. Théâtre Déjazet.
Suite de 11 *dessins originaux* à l'aquarelle d'Abel Brun, représentant les artistes de cette pièce, portraits en pied montés sur papier
bleuté et réunis en un album in-4 cart.

171. **Les Etrangleurs** de Dindes. (Théâtre Déjazet). Parodie des
« *Etrangleurs de l'Inde* ». *Suite de 8 dessins* originaux en couleurs
d'*Abel Lebrun*. Costumes des principaux personnages de la pièce,
dessins de format in-8 montés sur papier bleuté en un vol in-4
cart. dos de percaline verte.

172. **Costumes.** Suite de 25 pièces de A. Grévin découpées des journaux et montées sur papier bleuté en un album in-4 cart. dos et
coins de perc. marron

> Ces 25 figures concernent trois pièces de théâtre : La Tzigane (théâtre
> de la Renaissance), Les Pilules du Diable (Théâtre du Châtelet) et le Bil-
> let de logement (Théâtre des Fantaisies parisiennes).

173. **Concert de la Scala** Revue. Suite de 14 costumes des personnages de la pièce, montée sur papier bleu en un vol. petit in-4 cart.
dos de perc. verte.

> Collection complète des 14 *dessins originaux* en couleur *signés de Roby*.

174. **Suite de 28 dessins** originaux à l'aquarelle, costumes du café-
concert de la *Scala* ; 28 pièces montées sur papier bleu en un
album in-4 cart.

Décoration

175 **La Caduta** del regno dell Amazzoni festa theatrale fatta repre-
sentare in Roma dall'ecellentissimos. Signor Marchese di Coccogliu-
do del Re Cattolico per le augustissime Nozze, dalla. Sacra real
Majesta Di Carlo II Ré delle Spagne e della principessa Marianna
Contessa Palatina del Reno *In Roma*, 1690. in-4 veau, tr. r.

> Ouvrage des plus rares, contenant 12 planches se dépliant. très curieuses
> au point de vue de la décoration. Une partie d'une planche enlevée. Petits
> raccommodages.

176. **Carlo Magno** festa Teatrale in occasione della Nascita del Del-
fino offerta alle sacre Reali Maestà cristianissime del Re, E Regina
di Francia dal cardinale Otthoboni Protettore. *Roma*, 1729, in-4
derel.

> 14 jolies planches de décors de Michetti.

177. **Le Maschére Sceniche** e le figure comiche d'Antichi Romani
descritti brevemente da *Francesco de' Ficoroni. In Roma, A. Rossi*
1736, in-4, fig., veau ant., dos orné, tr. rouges, qq. taches d'humi-
dité.

> Ouvrage contenant 85 figures gravées

178. **Het Eeuwgetyde** van den Amsteldamschen. *Schouwburg* (Vol-
bouwd in den Jaare 1637, en voor de eertemaal geopend den der-
den van Louwaand 1638) Zinnespel. *Te Amsteldam, I. Duim*, 1738,
veau br., dos orné fil., tr. dor., in-4.

> 1 Vign. au titre de S. Fokks. 4 planches de décors coloriées et une
> planche de médailles gr.

179. **Traité** des feux d'artifice pour le spectacle. Nouvelle édition toute changée et considérablement augmentée par M. F*** D D E D B. *Perrinet d'Orval. Paris, A. Jombert,* 1747, in-8, veau fauve.

180. **Francisci Ficoroni**, de Larvis scenicis et figuris comicis antiquorum romanorum. *Romæ.* 1754, *Sumptibus V. Monaldini,* in-4, dem.-rel. bas.

   Avec 85 planches gravées. C'est de cet ouvrage qu'ont été tirées toutes les figures du théâtre antique reproduites dans d'autres recueils notamment dans le traité de la saltation théâtrale.

181. **Essai** sur l'art de décorer les théâtres par M. Moulin. *Paris, J. Chardon,* 1760, br. in-8.

182. De **Milddaadigheid** a an de Dankbaare roomsche armen by de eerste afgifte van brood op den grond des geweezen schouwburgs te Amsterdam den vyfden December. *S. d., Amsterdam, J. Smit,* 1790, in-fol , cart., dem. percaline.

   Ouvrage sur le Théâtre, peu commun, contenant, outre les détails d'architecture, de belles et nombreuses planches de décors.

183. **Théâtres et Décorations** théâtrales d'Italie 90 planches de *Stucchi* gr. par Angeli Landini, etc. en un vol. in-4 obl., dem. r i bas. à nerfs tr. rouges. Belles épreuves.

184. **Racolta di Scène** Theatrali eseguite o disegnate dai piu celebri Pittori Scenici in Milano. *Milano, Stanislao Stucchi, s. d.,* petit in-fol. obl., cart., dos de percal., tête jasp., non rog.

   Suite rare de 97 estampes (scènes de Théâtre) coloriées de toute fraîcheur.

185. **Information** à mon chef, ou éclaircissement convenable du décorateur théâtral *Pierre Gothard Gonzague* sur l'exercice de sa profession. *A Saint-Pétersbourg. Al. Pluchavit,* 1807, in-8, mar. r à grain long, dos orné avec attributs, dent. et fil. sur les plats, tr. dor. Reliure de l'époque.

   Exemplaire en papier fort.

186. **Scheniche Decorasioni** inventate ed eseguite pel dramma serio l'ultimo giorno di Pompei da *Alexandro Sanquirico.* Archit. pittore scenico degl I. R. Theatri di Milano, etc. *In Milaho, s. d.* (vers 1820), in-fol obl., mar. rouge à grain long, dos orné, encadrements fil. et ornements sur les plats, dent. intér. Jolie reliure bien conservée, 1 front. et 8 jolies planches de décorations en couleur. Envoi du dessinateur à la Cantatrice Marie Lalande.

   Un des livres les plus remarquables publiés en ce genre.

187. **Opéra-Comique.** Suite de 15 dessins originaux exécutés pour les décors de ce Théâtre de 1822 à 1829 en un album in-fol. obl., cart. perc.

   Décors pour le Solitaire, Leicester, la Dame Blanche, Masaniello, La Fiancée, etc.

188. **Théâtre Royal Italien.** 12 planches noires et coloriées composées par Hittorff et Le Cointe, lith. par Courtin, en un vol. petit in-4, perc. marr.

189. **Album de l'Opéra.** Principales scènes et décorations les plus remarquables des meilleurs ouvrages représentés sur la scène de l'Académie Royale de Musique, publié par *Challamel.* Dessins par

MM. Alophe, Baron, Challamel, C Deshays, A. Déveria. Français, Lepaulle, Mouilleron et Célestin Nanteuil. *Paris, Challamel, s. d.,* in-4, cart., 24 figures coloriées.

190. **Roméo et Juliette.** Opéra en 5 actes de J. Barbier et M. Carré, musique de Ch. Gounod. *Paris, Choudens, s. d. Modèles de Décors* de cette pièce Suite de 7 lithographies de G. Gostiaux et A Lamy, montées sur papier chamois et réunies en un album in-4. obl. Cart.

191. **Scène Theatrali,** grande édizione del Cav" Alexandro Sanquicito. *Milano, 1865 Antonio Rossi,* petit in-fol. obl. Cart. de l'éditeur. non rog.

> Ouvrage très-important pour la décoration théâtrale, composé d'un titre et de 74 planches dessinées par A. Sanquirico.

192. **Note sur les décors** de théâtre dans l'Antiquité romaine par Camille *Saint-Saëns. Paris, L. Baschet,* 1886, petit in-4. fig., br.

---

193. **Réunion** de coupures de journaux illustrés collées sur 66 feuilles de papier fort et réunies en un album petit in-fol. obl., chagr. plein noir, fil. sur le dos et les plats, pour le théâtre de *Victor Hugo.*

> Cette réunion curieuse concerne les pièces du Roi s'amuse, Ruy-Blas, Lucrèce Borgia, Les Misérables, des portraits et fac-similés d'autographes, etc, etc.

194. **Assommoir (L').** Drame en 5 actes et 8 chromos. In-8 obl., dem.-cart., perc marr.

> Album factice formé de 8 chromos parus a l'époque de la représentation de l'Assommoir d'Em. Zola, et montés sur papier bleuté.

195 Recueil de gravures relatives au Théâtre, découpées de Journaux illustrés période de 1880 à 1900, collées sur papier bleu et réunies en un fort album de 192 pages, petit in-fol. obl.

196. **Martyre,** par M. d'Ennery. (Théâtre de l'Ambigu 4 Mars 1886). Suite de 6 planches photogr. représentant les 5 actes de la pièce, en un album petit in 4, obl. cart.

197, **Madame l'Archiduc.** Opéra-bouffe d'*Albert Millaud,* musique de *J. Offenbach.* Suite de 8 lithographies coloriées de Lamy et Chatinière, montées sur papier fort et réunies en un album in 4, cart.

198. **Patrie.** Drame par M *Victorien Sardou.* Comédie-Française. 1901 Suite de 70 photographies artistiques relatives à cette pièce de théâtre, montées sur papier fort et réunies en un album in-fol. obl. dos et coins de chagr. marron, plats en toile.

> Les photographies représentent l'auteur M. V. Sardou, M. J. Claretie, les interprètes de la pièce, les scènes de tous les actes etc Ces documents artistiques ont dû être photographiés pendant les répétitions.

199 **Opéra-Comique.** Fides, drame mime en 1 acte de MM. L. *Roger-Milès* et Egidio Rossi. Musique de Georges Street. In-4, form. agenda, dem.-brad.

> Découpures de journaux collés sur papier fort.

Mise en Scène

200. **Histoire de la Mise en Scène**, depuis les Mystères jusqu'au Cid, par *Emile Morice. Paris*, 1836, in-18 br.

201. **Mise en Scène**. Suite de pièces supplémentaires de la Revue et Gazette des Théâtres réunies en un vol. in-8,cart.(déch. et raccom.)

> *Mlle de Belle-Isle*, par *A. Dumas*, 1839. — *Les Premières armes de Richelieu*, par MM. *Bayard et Dumanoir*, 1839. — *La Grâce de Dieu*, par MM. *Dennery et Gustave Lemoine*, 1841. — *Les Pontons* par *Prosper Dinaux*, 1841 — *La Main droite et la Main gauche*, par Léon Gozlan, 1842. — *Clarisse Harlove* par *Dumanoir*, 1846. — *L'homme Blasé*, par *Duvert et Lausanne*, 1843, etc , etc.

202. **Recueil de Mises en Scène** transcrites par M. L Palianti. S. l , 1843 2 tomes en un vol. in-8 cart., dos de perc. gris.

203. **Le Manteau d'Arlequin**, recueil de mises en scènes. S. l. n. d., 1864, gr in-8, cart. dos de perc., tr. r., lég. taches.

> Vingt mises en scènes : Les Calicots, La fille du Maudit, Rocambole, La Volonté, Lara, Les Plumes de Paon, Les Mohicans de Paris, etc.

204. **Les Décors**, les Costumes et la mise en scène au XVIIe siècle, 1615-1680, par *Ludovic Celler. Paris, Liepmannssohn et Dufour*, 1869, in-12 br.

205. **Etude sur la mise en scènes**, lettre à M. Francisque Sarcey par M. *Emile Perrin* de l'Institut. Administrateur général de la Comédie Française. *Paris, Quantin* 1883, in-8 br.

> Ouvrage tiré à 150 exemplaires.

Ouvrages et Albums sur la
Caricature au XIXe siècle

206. **La Journée** d'une actrice ou douze scènes de jour et de nuit lithographiées par *Ed. Wattier. Paris, S izerac et Duval*, 1825, in-4. cart. dos et coins de perc., non rog. (couv. cons). Très rare.
> Suite complète de 12 planches coloriées à toutes marges.

207. **Histoire d'un Comédien**. Suite de 12 planches coloriées avec légendes, par Aug. de Valmont. lith. de Senefelder. *Paris, Marino*, s. d.. un vol. in 4, cart. dos et coins de perc., non rog. La planche 6 est plus courte. La planche 7 manque.

208. **LA SILHOUETTE** Journal de caricatures. Beaux Arts, Dessins, mœurs, théâtre. etc. *Paris*, 1829 1830, 4 vol. gr. in 8. demi-rel. 94 figures noires et coloriées par *Henry Monnier* et *Gavarni*.

> Ouvrage extrêmement rare.
> Premier essai d'un journal de caricature fondé par Emile de Girardin, Balzac et de Varaigne.
> L'exemplaire ne possède que le titre du tome 3. Les tables manquent.

209. CARICATURE (La). Journal fondé et dirigé par Ch. Philipon.
Paris, chez Aubert. 1830-1835. 10 vol in-4. demi-rel. dos de maroq.
grenat foncé non rog. Couvertures conservées Collection complète.

> Bel exemplaire d'un ouvrage fort recherché planches en noir et en cou-
> leur de V Adam, Bellangé, Charlet, Decamps, Grandville, Grenier, H.
> Monnier, Pigal, etc., etc.

210. LITHOGRAPHIE MENSUELLE (l a). Suite complète de 24
lithographies de *Grandville* et *Daumier* en un vol. in-fol obl. dem.-
maroq. (très rare)

> Quelques légères mouillures et raccommodages. 8 planches sont un peu
> plus courtes de marges celle de la Fenaison est sur papier de Chine.
> Complément de la Caricature Politique, publiée également par la
> Maison Aubert, de 1832 à 1834.

211. CARICATURE PROVISOIRE Origine 1er Novembre 1838 à
fin Décembre 1840. 1842, 1er semestre, numéros sans figures. 1842,
2e semestre avec figures. Ensemble 4 vol. in-4. rel. et cart. et li
vraisons.

> *Journal peu commun* auquel ont collaboré pour la partie littéraire
> Balzac, Al. Dumas, T. Gautier, J. Janin, R. de Beauvoir, A Karr, E.
> Guinot, L Desnoyer, etc., etc.
> Illustrations de Raffet, Grandville, Gavarni, Daumier, Traviés, H.
> Monnier, V. Adam, Charlet, etc. etc.

212. LA CARICATURE FRANÇAISE Journal sans abonnés et
sans Collaborateurs, 25 numéros en un vol. in-4 cart. toile mar.
(collection rare'.

> A la suite on a ajouté : Album de la correspondance du Prince émigré.
> Londres, Schulze, 1836, et une brochure in-8 : Portrait d'Alibaud avec sa
> défense interrompue par ses pairs et des confidences sur sa vie intime
> d'une jeune française par Mme Ida St Elme Exemplaire ayant servi à M.
> Vicaire pour une notice dans son savant manuel de l'Amateur de livres
> du XIXe siècle.

213 Musée de la Caricature ou recueil des caricatures les plus
remarquables publiées en France, depuis le quatorzième siècle
jusqu'à nos jours, pour servir de complément à toutes les collections de mémoires, calquées et gravées à l'eau forte sur les épreuves originales du temps, d'après les manuscrits et gravures de la
bibliothèque royale, du cabinet de M Constant Leber, et des diffé
rentes collections d'amateurs ; par E Jaime, avec un texte historique et descriptif par MM. Brazier, Brucker, Capot de Feuillide,
Ch. Nodier, E. Jaime, J. Janin, L. Gozlan L. Halévy, L Reybaud,
M. Masson M Raymond, Ourry, Paulin Paris, Philarète Chasles,
Rolle *Paris, Delloye,* 1838, 2 vol. in-4. dem.-rel de l'époque ébarbé.

> Bon exemplaire. Nombreuses planches noires et coloriées (rare).

214 Musée ou Magasin Comique de Philipon. Textes par MM.
Bourget, Borel Cham Huart, Marco St-Hilaire etc., etc. *Paris,
Aubert, s d.,* 2 vol. in-4 cart, dos et coins de perc. verte.

> Ouvrage contenant 1600 dessins par MM. Cham Daumier, Gavarni,
> Grandville, Trimolet, etc., etc.

215. Aujourd'hui. Journal des modes ridicules, dessins par Gérard-
Fontallard. 2eme année du 1er Janvier 1839 au 31 Janvier 1840,
3eme année, ensemble 20 numéros en un vol in-4, dem.-veau vert,
dos orn., tête jasp , non rogn.

> Journal fort rare, chaque numéro contient une gravure hors texte colo
> riée dessinée par Gérard Fontallard ; on a ajouté à cet exemplaire 5
> planches coloriées de la 4eme année.

216. **Musée Dantan**, Galerie des charges et croquis des célébrités de l'époque, avec texte explicatif et biographique. *Paris, Delloye,* 1839. gr. in-8. fig. dem.-rel., dos et coins maroq. bleu, dos orné, tête dor., non rog.

217 **Trois Artistes** incompris et mécontents de leur voyage en province et ailleurs!! leur faim dévorante et leur déplorable fin par *Gustave Doré. Paris Arn. de Vresse, s.-d.,* in-4 cart.

218. **Revue des Théâtres** de campagne. Suite de 6 pièces en couleurs de X Plattel, Lith. de Gobert. 6 pièces in-4 à toute marge.

219. **L'Opéra au XIX° Siècle** par *Edouard de Beaumont.* Suite de 30 figures tirées du «Charivari» montées sur papier bleu en un vol. in-4, cart.

220. **Scènes de la Vie** de Théâtre par *H. Emy.* Suite 20 lithographies coloriées. Album in-4 cart, toile.

221. **Daumier** (H.) Caricatures théâtrales. Suite de 26 pièces extraites du Journal le « Charivari », montées sur papier bleuté cart. en un vol. in-fol.

222 **Physionomies théâtrales** par *Boilly. Valentin. Pruche, Cham, Damourette, G. Doré. etc.* Suite de 31 pièces extraites de journaux, montées sur papier bleuté cart., en un vol. in fol.

223. **Train de plaisir** dans les cinq parties du Monde, voyage pitto resque et fantastique, texte par A De Bragelonne, lithographies par *A. Lacauchie. Paris, Martinet, s. d.,* in-4 cart., ill. Lég. mouill.

> 12 Lithographies coloriées.

224. **Album de Caricatures** Charivariques, artistiques, scientifiques et théâtrales *Paris, Typ. de Blondeau. s. d.,* petit in-4 obl. br., couv. impr.

225 **Ces Chinois de Parisiens.** Album de 56 planches *Paris, s.d.,* vers 1850, in-4 obl. cart., couv. conservée

> *Imprimé sur papier bleu.* Les Dessins sont de E. de *Beaumont,* Tronsens, Monta, Edm Morin, Dumont, Bordes etc

226. **Musée Français-Anglais** (Le). Journal d'illustrations mensuelles dirigé par Ch. Philipon, origine au n° 41 inclus. *Paris,* 1855, in-fol., fig. sur bois, dem.-rel.

> Manque le n° 33.

227. **Revue des Théâtres.** Suite de 7 pièces de Plattel, lith. de Gobert, en un album in-4 obl., dos de perc.

> 7 lith. à toutes marges et coloriées.

228. **Monsieur Papillon ou l'Amour autour du Monde** par Cham. *Paris, Martinet, s d.,* alb. in-4 cart., de l'éditeur.

229. **Les femmes du jour**, dessins de Krax. Avril juin 1836. Suite de 10 numéros en un vol. gr in-8, dem. chag.

> Chaque numéro a en première page le portrait-charge, colorié, d'une actrice.

230. **Nos Actrices** par L. Capiello, préface de Marcel Prevost. *Paris, Revue Blanche* 1899, petit in-fol. cart. dos de perc. mauve, non rog. (Couv. cons.).

> 18 planches portraits-charges coloriés du célèbre dessinateur.

231. **Théâtres et Concerts** par *Léandre*. Suite de 51 pièces découpées des journaux montées sur papier bleuté en un vol. in-4 cart. dos de percaline.

> Très curieuse réunion de portraits charges.

232. **Ménagerie (La) Impériale** composée des ruminants, amphibies carnivores et autres budgétivores qui ont dévoré la France pendant 20 ans. *Paris, Rossignol, s. d.* Alb. in-8 contenant 31 fig. coloriées.

233. **Les Théâtres.** Suite de 80 petites fig. sur bois, découpées dans les journaux illustrés et montées sur 20 feuilles de papier bleu en un vol. in-4 cart., dos de toile.

> Caricatures relatives au Théâtre Français, Odéon, Théâtre des Italiens, Porte St Martin, etc.

Journaux de Théâtre

LITTÉRAIRES, ILLUSTRÉS. REVUES.

234. **Journal des Théâtres** (1791). 16 numéros divers des années 1791-1792, en un vol. in-4 veau antique. (Très rare).

> Journal rédigé par *Levacher de Charnoy*.

235. **Journal des Spectacles** contenant l'analyse des différentes pièces qu'on a représentées sur tous les théâtres de Paris depuis le commencement de l'Année théâtrale 1793, *vieux style* et des notices historiques surtout ce qui peut intéresser les spectacles. *Paris*, au bureau du *Journal des Spectacles*, l'An II, 2 vol. in-8 dem. mar. r. à coins, tête dor., non rog.

> Journal rare commençant le 1ᵉʳ juillet 1793, au 31 décembre de la même année, 121 numéros, le 105ᵉ manque.

236. **COURRIER DES SPECTACLES** ou **JOURNAL DES THÉATRES** par Lepan, Salgues, Ducray-Duminil, Crément Legouvé, Vigée et autres, de l'origine 18 nivôse an V au 31 mai 1807. 22 vol. in-4 dem. rel.

> *Collection très rare.*

237. **Courrier des Spectacles** Journal des Théâtres de l'an VI à 1806. Numéros divers en 10 vol. in-4 rel. et en feuilles.

238. **Feuilleton des Spectacles.** Modes, annonces et avis divers Supplément à La Quotidienne An V. 39 numéros en un vol in-8, dem. rel.

239. **Le Spectateur français** par Marchena et Valmalette S. l., an V 6 numéros en un vol. in-12 rel. basane de l'époque. Collection complète.

240. **L'Arlequin**. Journal de pièces et de morceaux. *Paris, A. Defer-rière* an VII, in-8, fig., dem. mar. à grain long, à coins. Initiales au dos du volume. Q.q. cassures.

> Journal peu commun 12 numéros, pagination suivie ; 12 figures colo-riées, la plupart de modes.

241. **Courrier de l'Europe** et des spectacles et Mémorial Euro-péen réunis. 134 numéros de l'année 1811 réunis en un vol. petit in-fol., cart., dos de percal. non rogn.

> Journal recherché.

242. **Le Nain Jaune** ou Journal des Arts, des Sciences et de la Lit-térature par Cauchois-Lemaire, Etienne, Merle, Jouy, 15 décem-bre 1814, 15 juillet 1815. *De l'Imprimerie de Fain*, 43 numéros in-8, avec *caricatures coloriées*.

— **Le Nain Jaune réfugié** par une société d'Anti-Eteignoirs. *Bru-xelles*, Mars-Novembre 1816, 42 numéros in-8. Ensemble 4 vol. in-8, dem.-perc., non rogn. (rare).

243. **Le Camp-volant**. Journal des spectacles de tous les pays (1819). 12 numéros en un vol. — *Journal des Théâtres*, de la littérature et des arts. Courrier des spectacles 1821, 3 vol — Ensemble 4 vol. petit in 4, dos de percaline.

> Manque quelques numéros.

244. **Le Diable**. Journal des arts, des sciences, de la littérature, des spectacles et des mœurs (1821). In-8, cart., non rogn

245. **L'Album**. Journal des arts, de la littérature, des mœurs et des théâtres par Grille et Magalon. *Paris*, 1821, 6 vol in-8, cart., non rog.

> 113 livraisons contenant chacune une ou deux lithographies.
> Les numéros 14 à 18, et 3 lithographies manquent.

246. **Journal des Théâtres** 1821. — Le Courrier des Théâtres 1831-1840. — *Le Coureur de Spectacles* 1843-1849.

> Environ 300 numéros de ces journaux en livraisons

247. **Le Courrier des Théâtres** de la littérature et des modes rédigé par Ch. Maurice et une société de gens de lettres 1825 1er semestre, 1833 au 31 mars 1849. Ensemble 31 vol in-4, cart., dos de percaline marron. Quelques lacunes. (Rare).

248. **La Lorgnette**, 1826. — **Le Frondeur**, 1826. Ensemble 250 divers réunis en un vol. in-4. Cart.

249. **L'Opinion**. Journal des mœurs, de la littérature, du Théâtre et de l'industrie, par Arnault Jouy Nepomucène, Lemercier, Em. Dupaty, etc. du n° 335, 1er déc. 1826, au 11 janvier 1827, der-nier numéro. *La Réunion* continuant l'Opinion du N° 1 (12 janvier 1827 au 10 juin de la même année. Ensemble 180 numéros en un vol. in 4, dem.-rel.

250. **La Réunion**. Journal de la littérature, des sciences, des arts, des tribunaux, des théâtres et des modes. Du mardi 1er avril au lundi 30 juin 1828 (4e année) ; in-4 dem rel.

> Chaque numéro contient un programme des principaux théâtres de l'époque avec le nom des acteurs jouant dans chaque pièce. Les numé-

ros 113, 115, 116, 120, 151, 165, 175 manquent: les numéros 104, 119,
154, 160, 167 et 174 sont incomplets
Journal peu commun. Continuation de trois petits journaux fusionnés :
l'Opinion, la Nouveauté et l'Echo.

251. **Le Grec**, feuille non politique consacrée aux théâtres à la littérature et aux arts, rédigé par une société de gens de lettres sous
la direction de M. F. Chatelain De l'origine 15 septembre 1828 au
15 décembre 1828. 27 numéros en un petit vol. in-4. Cart.

252. **LE MIROIR DES SPECTACLES**. des Lettres, des Mœurs
et des Arts, publié par MM. Jouy, A. V. Arnault, Em. Dupaty. E.
Gossé, Cauchois, Lemaire, etc., de l'origine 15 février 1821 24 juin
1823. 880 numéros en 5 vol. in-4, fig. lithogr., dem. rel toile. Collection complète.

253. **LA PANDORE**, journal des spectacles, des lettres, des arts,
des mœurs et des modes de l'origine 16 juillet 1823 au 14 août 1828.
10 vol. in-4, fig. Cart. non rog. Ce journal, orné de nombreuses
lithographies comme le *Miroir*, est la suite de cette curieuse
publication.
Collection complète. On y a joint 2 numéros du Sphinx seuls parus.

254. **LA PANDORE** du 2 déc. 1829 au 11 mai 1830. 159 numéros,
in-4, en feuilles (très-rare).
Cette nouvelle réapparition de « la Pandore » supprimé en 1828, n'est
pas citée par Hatin.

255. **LE CORSAIRE**, journal des spectacles, de la littérature, des
arts, mœurs et modes du 7 mars 1829 (7e année) à septembre 1830,
et du 18 avril 1832 au 7 février 1833, en 3 vol in-4, dem. rel.
(Manque quelques numéros).

256. **Figaro** du 3 Avril 1829 au 19 Septembre 1830. — 1er Janvier. —
27 Février 1832. — 3 Décembre 1834. — 25 Mai 1855. Ensemble
3 vol. in-fol. et in-4, cart.

257 **Le Furet**. Journal de Littérature et des Théâtres, rédigé par
M. Ch. de St-Julien. Première année 1829, in-4, 52 numéros
cart.
Journal rare paru et imprimé à Saint-Pétersbourg.

258. **Journal des Comédiens**. Feuille officielle des Théâtres de la
France et de l'Etranger. Du dimanche 27 Mars 1831 (Nº 280) au
25 Décembre 1831 (Nº 358) et du Nº 778 au Nº 792, en un vol. in-4,
cart., dos de perc., non rog., mouill. et racc.; manque 34 numéros.

259. **Revue du Théâtre** Journal des Auteurs, des Artistes et des
gens du monde. De l'origine Juillet 1834 à fin Décembre 1838,
14 vol. gr. in-8 br., figures noires et coloriées, cart. et br.
Manque le tome 6 et le titre des premiers volumes.

260. **Revue du Théâtre**. Art et progrès. Journal des Auteurs, des
Artistes et des gens du monde. Année 1835, 6e vol. in-8 dérel.

261. **La Sylphide**. Journal des Salons, de l'entr'acte et des théâtres
de Bordeaux ; du Nº 457, 31 décembre 1837 au Nº 563, 30 décembre 1838, un vol. in-4, cart. Les numéros 524 et 525 manquent.
Journal fort rare imprimé sur papier de différentes couleurs. Il contient
un grand nombre de lithographies, scènes de théâtre, vues, portraits,
etc.

262. **L'Entr'acte**. Du lundi 2 février 1835,5ᵉ année au 31 Juillet 1837. 5 vol. in-4. dem.-vélin vert.

> Manque quelques numéros.

263. **Moniteur des Théâtres**. Journal spécialement consacré à l'Art Dramatique, direction de Charles d'Argé. 1837, 7 numéros divers. **Moniteur des Théâtres** 15 novembre 1837-1838. Ensemble 2 vol in-4, cart., dos de perc. verte, tête jasp., non rog.

> Manque 20 *numéros*.

264. **Moniteur des Théâtres**. Feuille officielle sous la direction de M. Ch. d'Argé. De l'origine Décembre 1839 à Mars 1841 en un vol. in-4, cart., dos de perc., tête jasp., non rog. mouill. et raccommodage; manque 45 numéros.

> Journal rare et recherché.

265. **Les Coulisses**, journal paraissant le jeudi et le dimanche. Du dimanche 3 avril 1842, (3ᵉ année) au 12 février 1843. Un vol. petit in-4, cart.

> Lithogr. de A. Lorentz.

266. **La France Théâtrale**. Journal des intérêts artistiques et littéraires du Nᵒ 2. (Première année 1843) au Nᵒ 164, 29 décembre 1844. Plus des numéros des années 1845 et 1846, en 2 vol. in-4, dem.-toile grenat.

> 22 planches de costumes coloriées dans l'année 1843.
> Manque quelques numéros.

267. **Théâtre d'Aujourd'hui**. Petit album dramatique, analyses des pièces nouvelles, chronique des coulisses (du 25 décembre 1844 au 25 novembre 1845. S. l. n. d., in-8, cart.

268. **La Silhouette**. Chronique de Paris. Rédacteurs E. Fau, de Bragelonne (de Balathier), Vitu, Max de Revel. Gérard de Nerval, etc. 3 août 1845 Nᵒ 31 au 27 septembre 1846 — et du 2 janvier 1848 au 25 août 1850. Ensemble 4 vol. in-4, dem.-parchemin.

> Manque quelques numéros.

269. **Pamphlet quotidien**. Nᵒ 1 et Nᵒ 3, 24 et 26 Mai 1846. 2 numéros en une plaquette in-4, cart. (très rare).

270. **Le Mois**, entièrement rédigé par Alexandre Dumas, 1848-1850. 2 vol. in-4, portr., dem.-rel.

271. **Le Succès**. Journal des illustrations dramatiques, Directeur *Ach. Collin* Dessins de J Gaildreau. De l'origine Nᵒ 1 au Nᵒ 10 inclus, en un vol. petit in-fol., cart

> Journal paru en 1848 et 1849. Contenant de nombreuses illustrations.

272. **Messager des Théâtres** et des Arts, consacré aux intérêts des cinq associations artistiques. De l'origine 13 août 1848 au 28 juillet 1850, 2 vol. in-fol , cart., non rog. Quelques lacunes.

273. **Le Caricaturiste**. Revue drolatique du dimanche Rédacteurs : de Bragelonne (de Balathier), A. Vitu. Molé-Gentilhomme Solar, etc., dessins de Quillenbois de Sarcus). Origine 3 juin 1849 au 30 juin 1850 57 numéros en un vol. in-4, dem.-bas.

> Collection complète.

274. **Lucifer**. Petit journal de la littérature, des théâtres et des Arts. Origine 16 janvier 1849 au 22 février même année, en un vol. in-4, cart.

275. **Le Daguerreotype Théâtral**. Journal artistique et littéraire, dessins de A. Rouargue. Rédacteur en chef Paul Avenel, 1850. Suite de 15 numéros en un vol cart., dos et coins de perc., non rog. (rare).

 Chaque numéro est illustré de vignettes sur bois.

276. **Moniteur Dramatique**. Journal des Théâtres Du 1er septembre 1853 au 2 octobre 1856. 1 vol. in-fol., dem rel.

 Manque 12 numéros.

277. **Diogène**. Portraits et biographies satiriques des hommes du Dix-Neuvième siècle. De l'origine 10 août 1856 au 26 avril 1857. 36 numéros in-fol., cart.

 Journal recherché. Chaque numéro est illustré d'un beau et grand portrait par Et. Carjat.

278. **Le Monte-Cristo**. Journal hebdomadaire de romans d'histoire, etc., par Alexandre Dumas seul. Paris, 1857, 2 vol. in-4, dem.-rel.

279. **Le Triboulet** paraissant le mercredi et le samedi — A. Aumont, Rédacteur en chef. A. Sedixier. propriétaire. De l'origine 7 Mars 1857, au 4 novembre 1857 70 numéros en un vol. in-4 demi-rel. Collection complète (rare).

 Nombreuses illustrations.
 Ce journal le 2 Mai 1857 prend le titre de Triboulet et Diogène, puis le 16 Mai suivant le titre de Le Rabelais.

280. **Figaro-Programme**. Nouvelle série N° 1, 10 Février-15 Décembre 1858. 307 numéros en 3 vol in-4, demi toile.

 Illustrations de Nadar, Cham et autres dessinateurs.

281. **Le Mistral**. Journal illustré publié à Marseille en 1859. 30 planches in-4.

282. **Le Boulevard**. Rédacteur en chef Et Carjat. De l'origine 1er décembre 1861 au 14 juin 1863. 2 vol. in-fol. cart.

 Journal recherché contenant de nombreuses et belles illustrations de Carjat. G. Doré etc.

283. **Siècle** (Le photographié par J. Bérot, peintre. *Paris*, s. d., in-4 cart.

 32 photographies MM. L Havin, Louis Jourdan, Henri Martin, Floquet, Rousset, Ed. Texier, Em. de la Bedollière, etc.

284. **Journal de Guignol**, drolatique, satirique, etc. Origine 30 avril 1865 au 2 décembre 1866, in-4 dem. rel.

285. **Drolatic-Industry**. Revue comique de la semaine, 13 avril-21 août 1867 20 numéros en un vol in-fol cart. (Collection complète).
 Illustrations de Durandeau, Carjat et Ch Pipard.

286. **Ba Ta Clan**. Journal satyrique origine 1er juin 1867 au 25 décembre 1869. 132 numéros rel en 2 vol. in-fol. et in-4 fig. noir. et color. cart.

 Journal caricatural publié à Rio de Janeiro (Très rare).

287. **Le Masque**. Rédacteur en chef, E. Edwards. 14 mars-27 août 1867. 22 numéros en un vol. in fol. cart. perc.

Illustrations de Durandeau Montbard.

288. **L'Oursin**. Journal Blindé ; fabricant de pointes L'Oursin fils de l'origine (22 février au 16 novembre 1867). 44 numéros en 1 vol. in-fol cart. Publié à Marseille Rédigé par Horace Bertin, Louis Péricaud, Dartigons. P. Arène, etc., etc.

Nombreuses illustr. rare : manque les n°° 28 et 29.

289. **La Rue** Paris pittoresque et populaire, rédacteur en chef *Jules Vallés* de l'origine 1er juin 1867 au 11 janvier 1868. 33 numéros en un vol in 4 cart

Journal rare et recherché, illustrations d'André Gill. Gilbert-Martin, etc

290. **Le Tam Tam**. Directeur Albert Azam, de l'origine novembre 1867 à décembre 1868 59 numéros *Le Tambour*, littéraire artistique et illustré 1869. 18 numéros un vol. in fol dem toile.

Manque 5 numéros dans le *Tam-Tam* et 2 numéros dans le *Tambour*.

291. **Le Tam-Tam**. Journal de Rouen en 1868, in-fol., cart., dos de perc., n rog. (rare).

Suite de 18 portraits et portraits-charges, la plupart par A. Le Petit, MM. Laurent. Montlouis, Ulysse, Bessac, B. Fumery.Thomasse. Marvin, dans les Pilules du Diable, Mme Adelina Patti, MM. Bouilhet, Nathan, Bonesseur, etc.

292. **Le Fouet**, théâtral est littéraire. René Didier Directeur. Am. Blondeau rédacteur en chef. Origine 29 Mars 1868, au 16 Août, même année. 20 numéros en un vol. in 4, cart.

293. **L'Eclipse**, illustrée par André Gill, de l'origine 1868 à fin décembre 1869. 101 numéros, en 2 vol in-fol. cart. de l'éd.

Edition de luxe.

294. **Le Théâtre illustré**. Album de théâtre paraissant tous les samedis. Rédacteurs : Max Sacerdot, Théo , E. Pourcelle. 2e Année, n° 1 au n° 78 inclus. In-4, dem -chagr., rouge foncé.

Chaque numéro est accompagné d'un portrait colorié d acteur ou d'actrice.

295. **La Parodie** par Gill de l'origine, Juin 1869, au 16 Janvier 1870, 21 numéros avec les couv., en un vol. in-4, cart.

Collection complète.

296 **Le Père Duchène** illustré. An 87. 13 numéros. *Le Sans Culotte*, Alfred Le Petit, dessinateur, directeur-rédacteur en chef. An 87, 30 numéros, ensemble 43 numéros réunis, en un vol., gr. in-8, cart. dem toile.

297. **Le Petit Badinguet** paraissant le jeudi. *Paris, Dupont, s. d* 17 numéros, en un vol. in-8, dem -toile.

298. **Autographe** (L') Directeur H. de Villemessant. Evénements de 1870-1871. *Paris*, 1871, in-fol. obl., dem.-chagr.

299 **Paris-Théâtre — Paris-Portraits**, origine mai 1873 à mai 1880. 7 vol in-4, portr photogr., dem.-rel.

Manque 7 numéros.

300. **La Petite Lune.** Suite de 52 numéros. — **L'Esclave ivre** par
A. Gill. Suite de 4 numéros. Ensemble 56 numéros en un vol. gr.
in-8, dem.-toile.

   Caricatures coloriées.

301. **Le Don Quichotte**, rédacteur en chef Gilbert Martin. De l'o-
rigine juin 1874 à décembre 1891. 911 numéros en 9 vol. petit in-
fol. Cart. dos de perc. verte, non rog.

302. **Le Théâtre**, revue bi-mensuelle. Directeur-gérant : Jules Bonnassies. *Paris*, 1874-75, 4 livr., gr. in-8 br.

303. **Paris-Programme.** Th. Emon directeur. 8 numéros en un vol.
petit in-4.

   Journal paru en 1875, chaque numéro contient une photographie d'artiste.

304. **Le Spectateur.** Revue théâtrale, littéraire et artistique, rédacteur en chef : J. de Clerville ; secrétaire de la rédaction : L. de
Gramont. *Paris*, 1875, 15 numéros en un vol. in-12 br.

305. **Nantes Théâtre** 1875. 25 numéros in-4. — **Nantes Lyrique.**
journal hebdomadaire, 1876-1877, 35 numéros in-4.

   Chaque numéro contient un portrait d'artiste.

306. **La Scène.** Revue des succès dramatiques. Décorations complè-
tes, costumes coloriés ; Directeur : *J. Guildran* ; Rédacteur : *E.
Grand.* De l'origine, octobre 1877, au N° 24 (1881) 24 numéros en
un vol. in-4. fig. noires et coloriées, dem.-veau à coins, non rog.

   Nombreuses planches coloriées donnant les costumes exacts de chaque
pièce jouée.

307. **L'Étrille**, origine 10 mai 1878 au 1er juin 1879. Illustrations de
Pépin. 30 numéros en 1 vol. in-fol. cart. (Manque 2 numéros).

308. **Le Petit Banc**, revue illustrée des théâtres (1878). 11 numéros
en un vol. in-8, cart.

309. **La Question**, journal illustré, origine 3 mars 1878 au 7 juillet
même année. 19 numéros en un vol. in-4, cart. toile, non rog.

   Le n° 12 manque. Quelques numéros sont en double.

310. **Revue du Monde musical** et dramatique. Rédacteur en chef:
Armand Roux. Collaborateurs : E. Blavet, Bourgault-Ducoudray,
G. Chouquet, A. Danhauser, G. Duval, etc., de l'origine 1878 à 1883.
7 années en 8 vol. in-8, rel. perc. marron.

311 **The Théâtre** à Monthly review and Magazine New Series :
n° 1, august 1878 a june 1896 inclus. 18 années en livraisons, le
mois de janvier 1881 manque.

   Curieuse collection. Nombreux portraits et gravures hors texte.

312. **La Revue Réaliste**, sous la direction de Vast-Ricouard. *Paris*,
1879, 10 numéros in-4.

   Les dix premiers numéros de cette curieuse revue.

313 **Les Contemporains**, par Alfred Le Petit et Félicien Champsaur,
de l'origine 1880 au jeudi 7 décembre 1881. 43 numéros en un vol.
gr. in-8 cart. dos et coins de perc. marron.

   Illustrations coloriées d'Alfred le Petit.

314 **Voltaire** (Le), supplément illustré, 13 numéros, janvier à mars 1880, en un vol. in-fol. cart.

315 **Le Parisien** illustré. M. Nothing, rédacteur en chef. Première année, n° 1 (13 février 1881) au 13 août 1882, n° 77. Petit in-fol., fig. col., cart. toile bleue.

   Les numéros 68 et 76 manquent.

316. **La Caricature**, par Robida : années 1880 et 1881. 2 vol. in-4, fig. n. et col., cart. dos et coins de perc. mar., non rogn.

317. **Le Petit Nancéien**, artistique, littéraire et théâtral, du dimanche 17 avril 1881 au 18 février 1882. 2 vol. in-fol., cart. toile.

   Manque 2 numéros.

318. **L'Evénement Parisien** illustré. Rédacteur Carle Ax. 2° série, N° 1, 21 janvier 1882 au 4 novembre 1882. Manque le N° 40. — Le Véritable Evénement Parisien illustré, Rédacteur en chef *Emile Blain*. Du N° 29, 9 avril 1882 au N° 40, 6 août 1882. Ensemble 2 vol. petit in fol., cart. percaline.

319. **Le Piron**. Origine 12 mars 1882 au 13 août même année. 22 numéros en un vol. in-fol., fig., cart. toile.

   Journal imprimé sur papier rose.

320. **Grivoiserie** (La) Parisienne. Juin 17 août 1782 12 numéros en un vol in-fol., cart.

   Manque les N° 1 et 2.

321. **Nouveau Parisien illustré** (Le). 12 Mars-16 Juillet 1882. 18 numéros en un vol. in-fol., cart.

   Manque les N° 3 et 4.

322. **Etoiles des Théâtres**. Paris-Journal quotidien. Origine 7 Mai au 25 Mai 1883. 19 numéros en un vol. in-4 cart. dos de perc. grenat, non rog.

   Portraits d'Artistes tirés hors texte.
   Manque 4 numéros.

323 **Le Courrier Français** illustré, paraissant tous les samedis De l'origine 10 novembre 1884 à 1899 inclus. 16 années en 15 vol. in-fol., dem.-chagr. vert.

   Illustrations de Willette, Forain, L. Legrand, etc., etc. Les premiers numéros très difficiles à réunir s'y trouvent.

324 **L'Illustration Théâtrale**. Comédies, Féeries Opéras, Vaude-villes, Tragédies Ballets, Concerts. Rédacteur en chef : Arthur Pougin ; de l'origine 14 déc 1884 au 21 juin 1885 (2° année) Ensemble 24 numéros en un vol. petit in-fol., dem.-chagr. marron

   Nombreuses illustrations en noir et en couleurs.

325. **L'Avant-Scène**. Journal des théâtres, 10 numéros en un vol. in-fol. cart., illustrations coloriées.

326. **Il Théâtro Illustrato** e la Musica Popolare Ed. Sonzogno editore *Année* 1891, un vol. in-4, fig. cart. dos de perc mauve, non r.

327 **Gil Blas**. R. d'Hubert : directeur ; A. Dumont : fondateur. De l'origine 30 mai 1891 au 25 déc. 1902, en 12 vol. in-fol. cart., dos de perc. verte, non rog.

   Nombreuses illustrations noires et coloriées. Collection complète.

328 **La Chronique Musicale**. Revue de l'Art Ancien et Moderne ; directeur : Arthur Heulhard, *Paris*, 1893, 11 vol. gr. in-8 br.

329. **Les Feux de la Rampe**. Revue Dramatique et Musicale. Directeur : J. Raphanel, de l'origine 1ᵉʳ juin 1895 à décembre 1902 4 vol. in-4, cart. dos percal. mar., tête jasp., non rogn. (Manque quelques numéros).

    Nombreuses illustr.

330. **Polichinelle** illustré journal humoristique de la Famille, de l'origine n° 1, 13 décembre 1896 au n° 56, avec leur couvert. illustr., contenus en 2 vol in-4 br.

331. **Les 4 Z'Arts**, journal littéraire, hebdomadaire, illustré, de l'origine 6 novembre 1897 au 29 mai 1898. In-4, demi-perc., non rogn.

332. **L'Exposition Comique**. Les Binettes de l'Exposition (1900). Suite de 29 numéros. Supplément du Charivari, en un vol. in-4, cart. dos de perc.

333. **Forain et Caran d'Ache. Psst...** ! 84 numéros en 2 vol. in-4, cart., dos de perc. verte, non rog. (Collection complète).

ORDRE DES VACATIONS

PREMIÈRE VACATION

Lundi 8 avril 1907

<table>
<tr><td></td><td>Numéros</td></tr>
<tr><td>Architecture théâtrale</td><td>1 à 37</td></tr>
<tr><td>Almanachs.</td><td>38 à 91</td></tr>
<tr><td>Costumes</td><td>104 à 165</td></tr>
<tr><td>Costumes. Annales des Théâtres. Galerie Martinet.</td><td>92 à 103</td></tr>
</table>

DEUXIÈME VACATION

Mardi 9 avril 1907

<table>
<tr><td></td><td>Numéros</td></tr>
<tr><td>Costumes. Décoration, Mise en Scène</td><td>166 à 205</td></tr>
<tr><td>Ouvrages sur la Caricature.</td><td>213 à 233</td></tr>
<tr><td>Journaux de théâtre littéraires, illustrés</td><td>238 à 333</td></tr>
<tr><td>Ouvrages sur la caricature</td><td>205 à 212</td></tr>
<tr><td>Journaux de théâtre, Courrier des Spectacles.</td><td>234 à 237</td></tr>
</table>

La deuxième partie de cette importante bibliothèque comprenant *1300 numéros* environ sera vendue prochainement :

Maison Silvestre, rue des Bons-Enfants, 28, à 8 heures du soir.

CETTE DEUXIÈME PARTIE COMPREND :

Législation. — Histoire du Théâtre. — Dramaturgie. — Facéties — Ouvrages sur la Musique, la Danse, les Ballets, l'Opéra. — Auteurs dramatiques. — Recueils de pièces de théâtre. — Théâtre Burlesque. — Ouvrages sur Paris — Théâtres de Paris, de Province et Etrangers — Comédie Française. — Ouvrages sur Molière — Affiches-Programmes. — Bibliographie, etc. — Ouvrages en lots.

Bibliothèque, Littéraire, d'Histoire. — Ouvrages illustrés, etc.

Catalogue envoyé sur demande.

En Préparation :

CATALOGUE

DE

Portraits, Gravures, Dessins et Objets d'Art

relatifs au Théâtre

De la Collection

de M. Louis PÉRICAUD